KB220903

서선아 시집 | 괜찮으셔요

초판 발행 2017년 5월 19일
지은이 서선아
펴낸이 안창현 **펴낸곳** 코드미디어
북 디자인 Micky Ahn
교정 교열 백이랑
등록 2001년 3월 7일
등록번호 제 25100-2001-5호
주소 서울시 은평구 갈현로 318-1 1층
전화 02-6326-1402 **팩스** 02-388-1302
전자우편 codmedia@codmedia.com

ISBN 979-11-86104-57-6 03810

정가 10,000원

서선아 시집

괜찮으셔요

詩人의 말

SEO SUN AH

두 번째 창을 열며

분홍의 세상으로 변한 봄날
마음 가다듬고 지나간 시간을 되돌아봅니다
나날이 변해가는 건강을 붙잡고
오늘도 잠자는 감성을 깨워
시 한 구절,
새로운 힘이 되는 날입니다
시집을 낼 수 있게 도움을 준 가족에게
고마운 마음을 전하며
언제나 앞에서 이끌어 주신 지연희 교수님께
감사의 꽃다발을 바칩니다

2017년 5월 라일락 향기가 가득한 날에
해준 **서선아**

contents

시인의 말 · 4
작품 해설 | 지연희 · 104
시어의 예술성, 대상을 꿰뚫는 탁월한 시선의 집합

01 — 첫사랑 피다

다시, 그날에 _ 14
서초역 2번 출구 _ 15
항아리의 귀환 _ 16
아가 실 길게 끼워라 _ 18
아버지의 발 _ 19
분신 _ 20
블랙홀 _ 21
빈 둥지 _ 22
혼자 피운 꽃 _ 23
어느 첫사랑 _ 24
찐빵집 가마솥에 _ 26
휴일 오후 _ 27
볼우물 _ 28

봉오리 품다 — 02

와이셔츠 다섯 장 _ 32
시 _ 33
동주를 보다 _ 34
봉오리 품은 꽃나무 _ 35
백송 문인회 _ 36
동아줄 _ 37
외줄 타기 _ 38
소금으로 그린 지도 _ 39
햇빛 _ 40
귀 앓이 _ 42
이젠 달이 뜨지 않는다 _ 43
가슴에 태극기를 품고 _ 44
유월의 국화 _ 46

contents

03 — 오동도 걷다

삼월윤달 머리에 돌 올리고 _ 50
보문호 산책길에서 _ 51
동천석실 _ 52
비 오는 날 희방사 _ 53
오동도 동백 _ 54
칠보산 소나무 _ 55
낙안읍성 느티나무 아래 _ 56
희방폭포 물비단 _ 58
환선열차 _ 59
석파정에서 _ 60
예원 _ 61
유원 _ 62
양쯔 강 1 _ 63
양쯔 강 2 _ 64

가을을 줍다 — 04

가을을 들여오다 _ 68
개나리 언덕 넘어 _ 69
나비 _ 70
봄에게 미안하다 _ 71
봄날 _ 72
색동 _ 73
들판 가득 누룽지가 _ 74
백합을 사다 _ 75
생명 _ 76
공화춘 짜장면 _ 78
구름 _ 79
새로이 나타난 神 _ 80
이인분 밥솥 _ 82

contents

05 — 삭풍을 안다

가자고 한다 _ 86
강을 건너야 하는 _ 87
덕장 _ 88
수술전야 _ 89
왼쪽 어깨에 수건을 걸치고 _ 90
해가 지다 _ 92
얇게 썰어 무우 속을 보다 _ 94
걸레 _ 95
경로잔치 _ 96
목욕탕에서 _ 97
삭풍 부는 들판에서 _ 98
섬 _ 99
주머니 속 알사탕 _ 100

넓은 바다 마음껏 누비다
어항 속에 갇힌 물고기
비누질 살살 간지럼 태워
통증 잠시 웃음으로 바꾸어 본다

1

첫사랑 피다

다시, 그날에

산모퉁 그날처럼 다섯 남매가
휘적 휘적 지팡이를 짚고
걸어가는 아버지 뒤를 따라 걷는다
괜찮으셔요 그래 괜찮다

젊은 날 선거판 뛰어 다니던 그의 다리는
소나무 옹이 박히듯 무릎 관절염이 깊다
어머니 얼굴 찾아보아도
그곳에 보이는 건
덩그런 오석 비석 하나
현세에 살다간 자취, 자식들 이름이 대신하고
비석을 닦고 잠깐 묵념으로 모든 형식은 끝이 난다

돌아오는 길
아버지의 다리는 더 끌리는 듯하다
괜찮으셔요
응 오늘은 지팡이가 무겁구나
내려오는 산길엔 저녁노을이
내려앉았다

서초역 2번 출구

서초역 1번 출구에서 일 분입니다
백송회 모임 안내

모임 당일 내 발이 가는 곳
2번 출구 걸어서 오 분이면
언제나 그곳에 어머니가 계셨다

지금은
오 분이 아니라 밤새 걸어가도
날개를 달아도
만날 수 없다

발을 돌려 1번 출구로 간다

어머니 만나려면
몇 번 출구로 가야 할까
기다려야 한다
때가 돼야 열리는 문을

엄마가 만드신 소고기국
먹고 싶다

항아리의 귀환

오늘 빈집이던 본가에서
증조할머니 할머니 어머니와
함께 집으로 왔다

정월에 장 담그고
김치 갈무리하던
고향 떠난 지 60년 된
장항아리

승용차 뒷자리 고이 모셔오면서
흔들림에 어지러워 실금이라도 갈까
살금살금
한 번씩 뒤돌아보며
받쳐 놓은 방석이 불편한지 물어도 보고
어제를 따뜻이 안고 왔다

맑은 물로 깨끗이 목욕시키고
반질한 표면에 손을 대니
어머님 말씀이 들린다
도자기는 숨을 쉰다

무얼 갈무리해도 다 맛있어

오늘 밤 증조할머니 할머니
어머니 그리고 나 사 대가
다정히 장독대에서
장 담그는 꿈을

아가 실 길게 끼워라

죽 한 그릇 들고 온 나를
큰 동굴 같은 집에
구순의 아부지가
맨발로 나와 반기신다

마지막 하루까지
가지에 의지하지 않고
혼자서 빈집 지키는 고목

돋보기 쓰고
바늘 쥐고 실 꿰는 건
낙타가 바늘구멍 지나가기보다 어렵다
아가 마침 잘 왔다
실 좀 길게 끼워놓고 가거라
단추 달게

가지들도 이젠 잎이 시들고
고목둥지는 벌레 먹어
태풍에 위태로운데
돌아서 오는 길목
길게 끼운 실 끝 내 가슴에 묶여있다

아버지의 발

침대 아래 무릎을 꿇고
조그만 물그릇에 담긴
아버지 발을 씻겨드린다

넓은 바다 마음껏 누비다
어항 속에 갇힌 물고기
비누질 살살 간지럼 태워
통증 잠시 웃음으로 바꾸어 본다

어릴 적 아버지 발은 큰 군함만 했는데
내 손안엔 굳은살로 딱딱한 작은 금붕어
맑은 물로 헹구며 걱정을 씻는다

인공산소로 유지되는 작은 어항 속 삶이라도
내일 또 내일 발을 씻겨 드리고
어제를 용서 받고 싶다

분신

– 내 속고갱이 아들

가슴에 해 품은 열 달
정안수 떠놓고 두 손 모아
아침저녁 기도하며 기다리던
내 속고갱이

긴 기다림 끝
산실에 울리는 울음
바다를 박차고 오르는 아침 해다

강보에 싸인 어린 것 어르는 입가엔
웃음이 매달려 떨어질 줄 모르고
백일 떡 나르는 발걸음에 바퀴를 단다

입에 든 것도 내어 먹이고
너 원하면 하늘 별도 따주려고
장대를 밤하늘에 올려도 보았다

장대 끝 보이는 그곳까지 너의 꿈이 도달해
세상에 크게 울리거라 내 속고갱아

블랙홀

잠시 딴생각에 무엇을 하려고 했는지
기억이 나지 않는다

블랙홀로 빠질까 두려운 오늘
검은 소용돌이로 기억을 보내버린
시모와 씨름해본 나는
머릿속이 까매짐에 허둥댄다

블랙홀로 한 발이 빠져도
기울지 않게 단단히 기둥을 박아
내 몸을 묶어야겠다

바로 옆에 소용돌이가 보인다
점점 가까이 빨려 가는 게 느껴진다

빈 둥지

먹이 달라고
짹짹대고 뭐든지 주는 대로
맛나게 받아먹던 예쁜 아기 새들
제자리에서 폴짝폴짝 뛰더니

이젠 제법 멀리 날아
스스로 모이도 찾아먹고
하루 종일 울지 않고 잘 논다
집보다 친구가 더 좋다

맛있는 간식으로 불러 보아도
본 척도 안한다
할머니 저 바빠요
문 닫고 뛰쳐나가는 뒷모습

두고 간 깃털 몇 개만 날아다니는
휑한 둥지

혼자 피운 꽃*

맑은 하늘 아래
천연히 내려앉은 이슬
누구도 모르게 간직한 사랑
오늘 작은 꽃으로 왔네

엄마는 네가 있어
세상이 있다
온 우주를 주어도 너와
바꾸지 않으리

추운 겨울도 혼자 지켜야 하는
널 가슴에 품고
밤새워 기도한다
활짝 피어 세상을 밝히길

소중한 꽃 한 송이
소중한 당신

* 미혼모를 지키는 소중한 당신 카페에서

어느 첫사랑

백합 한 송이

담 넘어 슬쩍 보기도 하고
사립문 사이로 들여다보며
그녀의 향기 가슴에 품었다

비바람 심하게 불던 어느 밤
누가 꺾어 가버린 빈 꽃밭

주먹 부르르
눈엔 눈물조차 나오지 않는
하늘은 까맣고 땅이 뒤집어진
되돌릴 수 없는 일
그날 이후 그의 가슴엔
백합 무늬 돌멩이 함께 있다

팔십 평생 결석처럼 한 번씩 아프다
멍하니 빈 하늘 보는데
국화꽃 같은 아내 옆에 앉으며 살며시 손을 잡는다
그녀는 안다

백합 돌멩이가 가슴 속에 있다는 걸
시치미 뚝 떼고 그 남자
여보 난 당신만 사랑해

찐빵집 가마솥에

먹음직하게 김이 오르는
찐빵집 앞에서 문득 발이 멈추었다
하얀 빵 한번 베어 물고
참 맛나다 하시던
어머니가 가마솥 김 속에서 활짝 웃고 계셨다

겉은 별맛이 없어도
속에 든 단팥은 달콤한
어머님의 마음
찐빵 한 봉지 가슴에 안았다

내일도 그 길 지나며
어머니를 만나야지

휴일 오후

바람이 파란 하늘을 거실까지 데려온
휴일 오후
안락의자 주인은 책 든 채 잠이 들어
움직이는 건 바람하고 노는 커튼뿐
TV는 전국노래자랑을 혼자 하고 있다

강아지마냥 뛰어 다니는 손자들 몰아내면
조용해 책도 보고 글도 잘 써질 줄 알았는데
컴퓨터 자판에서 자꾸 아이들 소리가 난다
과자 구워서, 오라고 할까
할아버지 오수에 방해될까 잠깐 망설이는데

'띵동'
하부지 함미 소리에 현관이 분주하다
조용한 호수에 개구리가 풍덩 물장구친다

볼우물

눈 마주치면 볼우물
깊은 산속 옹달샘에
맑은 물 솟듯이
꽃향기가 솟는다

아가의
꽃향기 사방으로 퍼져
집안 가득 차
식구들 얼굴에 꽃이 핀다

자고 나면 날마다
다른 꽃이 피는 신기한 힘
아가는 자면서도
볼에 우물이 진다

앞가슴 가다듬듯 옷고름 달고
군자의 기개 같은 하얀 동정을 다는
외줄 타기가 끝나면
한 마리 학의 춤이 시작된다

2

봉오리 품다

와이셔츠 다섯 장

다리미판 위에서
다섯 장의 와이셔츠가
파도치는 구룡반도* 건너는
뱃전의 리듬을 탄다

바퀴 달린 가방 속
하늘을 나르는 꿈을 담아
충실한 시종마냥 점심나절부터
마카오 카지노 룰렛 같은 바퀴
가지런히 현관에 엎드려 있다

냉장고 속 밑반찬
주인의 부재를 대신해
집을 지키게 하고
내일 첫 리무진 타고
나의 새벽을 열겠네

---

* 구룡반도: 중국의 특별행정구역 홍콩 상공업의 중심지구

시詩

늘 가슴에는 씨앗을 품고 있다
오늘도 원고 마감독촉에 가슴에서 꺼내어 자판으로 옮기려 하지만
씨앗은 움틀 생각 않는다
커피 한잔 부어 가슴을 연다
작은 싹 하나 간신히 나와 자판으로 옮겨지기 시작하고
밤은 내일을 향해 빠른 걸음으로 걸어가면
눈꺼풀은 추를 달아 감긴다
눈을 감고 다시 한 번 씨앗에게 말을 걸어본다
이마에 시 올려놓고 후라이팬에 부침개 뒤집듯 뒤척이다
눈을 떠보니 이마에 올려놓은 시는 어디로 가고
환하게 밝은 동창은 하루를 열고 있다

동주를 보다

– 윤동주 문학관

자하문 언덕 청운동 귀퉁이
네모난 콘크리트 상자
하늘 보이는 조그만 정원 거처
감옥을 테마로 한 동주 영상실

후쿠오카 감옥에서
마지막 외마디 비명
이승의 끈 놓고 단숨에
고향 하늘로 날아 갔으리

몇 달만 있으면 우리말로 노래하고
태극기 마음대로 흔들 걸
문학관 내려가며
그의 시 한 구절 외어본다

'죽는 날까지 하늘을 우러러
한 점 부끄럼이 없기를'

봉오리 품은 꽃나무*

멀리 아지랑이가 보이는 마음 맑은 날
가슴에 품었던 글 긴 겨울 이기고
오늘 봉오리 품은 꽃나무
분홍빛이 어여쁘다

점점 해는 높이 오르고
따뜻한 기운 사방에 퍼지면
활짝 웃는 꽃들
열매 또한 향기롭고 달콤하겠지요
바구니 가득 잘 익은 열매 담아
행복한 나날의 밑거름이길…

* 바라보며 사는 문우의 등단을 축하하며.
문운이 장대하시길.

백송 문인회

백송그늘에 앉아
원고지에 꿈 실어 보던 소녀들
오늘 또 하나의
백송을 심는다

가지 푸르고 단단한 나이테
날마다 날마다 튼실해져
백송의 푸른 기운
솔향기 널리 퍼지길

새로운 식목일 만들어
마음을 다진다

동아줄

좋은 마음으로 처음 그 줄을 잡았는데
너무 꼬인 줄 놓고 싶다
풀어도 풀어도 매듭은 자꾸 생기고

가위로 싹둑 잘라
매듭 끊어 버리면 간단한데
해야 할 숙제 아직 남아
매듭 풀어 보려고 손끝 피멍 든다

이 밤 꼬인 동아줄이
목을 조르니
잠들지 못하고 손끝만 애리다

외줄 타기

가느다란 선 위에 조심스러운 줄타기
정신 바짝 차리고
돋보기도 쓰고 양손엔 힘을 너무 주면 안된다
둥근 길을 갈 때는 속도의 묘미가 필요하다
곧장 가다가 꺾어질 땐 잠시 멈추고
뾰족한 쪽을 갈 때는 더욱 천천히 잦은걸음으로 가야 한다

무사히 한 바퀴 돌고나면
이젠 안과 밖을 잘 맞추어 뒤집는다
뒤집힌 곳엔 지나온 자국대로
조상의 얼이 담긴 지붕 처마 같은
부드럽고 날렵한 선이 나온다

앞가슴 가다듬듯 옷고름 달고
군자의 기개 같은 하얀 동정을 다는
외줄 타기가 끝나면
한 마리 학의 춤이 시작된다

소금으로 그린 지도

양철 컨테이너 박스
아침 새참을 먹으러 한 무리 냄새가 들어온다

공사장 흙이 묻어있는 작업화 신고
빛바랜 플라스틱 의자에 걸터앉아
후루룩거리며 넘기는 국수 가락
오늘 눈 뜨고 첫 끼니

그의 등에
어제 꿈꾸었던 소금으로 그린 지도가 있다
매일 조금씩 모양은 변하여도
더욱 선명해지며
그 바다에 높은 돛을 올리리라

바닷길 잃어도 그의 등에는
소금으로 새긴 지도 있어
무사히 항해 마치고
고향 항구 돌아가
따듯한 포옹을 하리

잿빛

푸른 하늘 바다에 비행기 한 대
하얀 꼬리 달고 유영하는 한낮
가로수 오월은 녹색이어야 한다고
팔 흔들며 소리 지르고 있다

소리도 귀 막고
푸르름도 눈감아 못 보는
네모난 회색 상자에 스스로 꼼짝없이
한 발짝 문밖이 없는 그 여자

무지개 일곱빛 꿈
타버린 뒤 남은 건 형태 없는
재 한 덩이
한 줌 집어 공중에 날려 본다
날아오른 재가
지난날을 후회하듯 회색빛 허공에 날아오른다

날려버린 재 고스란히 다시
가슴에 내려앉아 회색 상자 뚜껑이 된다
어느 하루 소나기 강물이 넘도록 내려

다 떠내려가 버리면
저 여인 문밖 빼꾸기 소리 들으러 나오려나

귀 앓이

나는 그를 고이었는데
그도 날 고이는 줄 알았는데
바람결에 가시가 달려 날아왔다
가시는 귀에 박혀 쑤시고
머리가 윙윙 돌고
밤마다 더욱 가시는 날 찔러대었다

찔러대는 가시 하나씩 뽑아 고운 구멍 내어
바늘 만들고
그 바늘로 비단옷 한 벌 지어
그대에게 보내 놓고
내 귀는 검룡소* 맑은 물로 씻어
귀 앓이 말끔이 낫게하리
흔적도 없이

* 검룡소: 한강의 발원지 일년내 맑은물이 솟음

이젠 달이 뜨지 않는다

첫 달이 떴을 때
붉은 장미에 찔린 듯 한 방울의 선혈
향기 나는 여인이 되었다는 두려움
아무에게 말 못하고 뒤돌아 앉아
어두운 우물가에 빨래하던 열다섯 살의 소녀

달이 떴다고 체육시간에 꾀부리고
괜한 신경질을 보탠 날도 있었지
달의 음덕으로 두 아들을 낳고
조금씩 늦게 뜨던 달이 이젠 뜨지 않는다

태양은 하늘에 있어도
달이 없으니
더 이상 뜨겁지가 않다

밤은 늘 그믐이지만
가슴에 품은 별이 반짝이니
샛별을 바라보며
한 발 한 발 조심스러이 길을 찾는다

가슴에 태극기를 품고

가슴에 태극기를 품고
표밭에 서서 외친다
나의 태극기가 더 선명하고 크다고
목에서 쇳소리 나고 얼굴엔 웃음의 경련이 인다

건너편 연단에서도 노랑바람개비를 들고
더 큰 목소리로 외친다
여러분 저를 보십시오
이 큰 태극기로 나라를 싸서
짊어지고 갈 힘이 저한테는 있습니다
저 여인은 가냘퍼 아무 일도 못 합니다
여러분!

마주보며 다시 보지 않을 듯
얼굴 붉히며 맞장을 떠 본다
오늘이 지나면 내일은 한 사람
광화문 광장에서 만세를 부르리

누가 만세를 불러도
푸른 기와집에 들거든

길에서 접시 밥 얻어먹고 손발 시린이들 보듬어 주고
학교 가는 길 즐거운 아이들 노래 소리 들리게 하여이다
태극기 청홍 선명하게

유월의 국화

그들이 접어놓고 간 꿈
떠다니는 유월의 하늘
오늘 더 푸르고

현충원 담에는 붉디붉은 장미가
넝쿨져 지천인 계절
장미에게서 그들의 장렬한 피 흘림을 본다

붉은 장밋빛 꿈을 가졌던 그가
장미의 계절에 가질 수 있는 건
국화 한 다발

따뜻한 미역국 좋아하던 그에게
지금 할 수 있는 건
국화 한 다발
국화 꽃이어야 한다는 수식은 없지만
유월엔 추모의 국화가 핀다

빛나는 날
잠시 다녀간 님 뒤
눈물 머금고 몸을 날려
바닥에 누워
붉은 마음 그대로 안고 있구나

3 오동도 걷다

삼월윤달 머리에 돌 올리고

– 고창읍성

구름 나직히 내려와
성벽에다 긴 이야기 하고 있는 오후

이끼 낀 성벽
옛 성인의 지혜가 켜켜이 보이고
객사 마루에 앉아 보니
동헌마당에 서슬 퍼런 사또 대신
파란 클로버가

성벽 위를 디딤질 하면 무병장수 한다는 전설
삼월윤달 머리에 돌 올리고
아낙들이 돌고 도는 고창읍성

솔밭을 지나는 바람
관광 온 객에게 어제의 일을 말한다

보문호 산책길에서

보문호 산책길
가을 가득 머금은 벚나무 아래
또각거리는 구두소리를 내며
세 여인이 나란히 발을 맞춘다

용광로 같기도 했고
삭풍 부는 벌판에 서 있는 듯도 했던
그녀들의 60년 뒤로하고
호수에 비친 하늘보다 더 맑은 마음이
물 위를 헤엄치는 물새들을 따라간다

아직 해 지는걸 두려워 않고
용기있는 그들의 캠퍼스에
화려한 유화가 그려지고 있다

다정히 손잡으며
내년 다시 이곳에서 꽃 피는걸 보자고
돌아서며 강건하길 마음속으로 덧붙인다

동천석실*

비상의 꿈꾸며 바위산 절벽에
독수리 둥지 같은 정자
동쪽을 향하게 짓고
세상 나가 뜻 세울 날 기다리며
매일 산을 오른다

책을 등에 진 하인은
책이 제 몸 가까이 있어서 즐겁고
앞서가는 윤선도 책 읽을 생각에
발걸음이 가볍다

아침을 밝히는 해를 안고
그의 뜻처럼 반짝이는 바위산
독수리 한 마리 푸드득 날아올라
하늘을 가르니
이백 년이 하루같이 보인다

---

* 동천석실: 보길도에 윤선도 유허지에 있는 산중정자

비 오는 날 희방사

잡다한 등산객 발길 뚝 끊기고
부슬 부슬 비는 오는데
괜히 소란스레 우는 까마귀 한 마리

적막 속에 드는 인간이
반가운건지 놀란건지

희방사 대웅전 부처님
독대하고 삼배 올리니
오늘 소백산 하나
모두 내가 가졌다

오동도 동백

청잣빛 바다 안고 서서
흰 눈 펄펄 날려도
붉은 입술로 단장하고
님 기다리던 날들

빛나는 날
잠시 다녀간 님 뒤
눈물 머금고 몸을 날려
바닥에 누워
붉은 마음 그대로 안고 있구나

기다림이 또 다시 길더라도
붉은 마음으로

빛나는 날을 바란다

칠보산 소나무

그는 가문 좋은 곳에서 시집 왔다
부지런히 일하여 푸른 잎 키우고
하늘 높이 키도 키웠다

어느 폭우에
초가삼간 떠내려 보내고
길가에 앉아 노점상 하는 아낙이 되어
뿌리 다 드러나 관절염 걸린 뼈마디
욱신 쑤셔도 꿋꿋이 자리 지키는데

오늘 뿌리에 걸려 넘어진 등산객 한마디
이건 왜 안 자른 거야
불쑥 찾아와 어미에게 용돈 달래는 자식같이
투덜거리며 산을 올라도
그 자리에서 제 몫을 하고 있다

낙안읍성 느티나무 아래

우리 증조할아버지보다 더
나이 많은 느티나무 아래
그보다 젊어 보이는 나무 하나가
누워서 나그네에게 허리를 내어주고 있다

맑은 날 거친 날도 묵묵히 지나온
세월의 마디 세어 보니
언뜻 삼십 년
반으로 잘리어 마주보며
조용한 미소로 나그네를 맞는다

옛것이 그리운 사람
고향 집 들여다보듯
기웃기웃하는 초가집 문안

삽작문엔 어설픈 한복 걸친 안주인
어서오셔요
묵 있어요 동동주 있습니다
한 접시 불쑥 내밀고
만원이요

집은 옛집 인심은 서울깍쟁이
많은 발걸음들이 읍성 인심마저 바꾼 건가

희방폭포 물비단

하늘을 오르는 가파른 계단
천 근 짐진 몸을 옮긴다
마지막 몇 계단 지옥이다

귓전에 들리는 물소리
힘을 얻어 오른 길 끝
물보라가 만든 물 비단 한 필
반갑다 여기서 날 기다리다니

폭포는 망설임 없이
아득한 아래로 내려 뛰는데
속세에 닫힌 마음
바라보며 또 생각을 해 봐도
난 용기가 없구나

뛰어 내려야
바다로 갈 수 있다는 걸

환선열차*

사각의 통에서 뛰어나와
눈 쌓인 태백을 향해 달린다

냇가 눈밭 노루의 발자국
한 모금 목 축이고 앙상한 가지에 몸 부빈 흔적
나도 오늘은 한 마리 사슴

눈 쌓인 언덕 헐떡이며 오르다
숨 고르는 추전역
멀리 보이는 너와집엔 낮 연기가 피어오르고
아득히 기억 속 연기 냄새 그립다

강원도 지나 경상도
덜컹거림에 익숙해질 때
해는 눈부신 하얀 산 위로 넘어 가며 울고 있다

종일 눈밭을 헤맨 사슴
환선열차가 내려주는 곳 다시 그 자리
돌아온 내 비둘기장 나를 기다리는 불빛이 환하다

* 환선열차: 서울역을 출발하여 영동, 태백을 돌아오는 관광열차

석파정에서

북한산 자락 집안에 들여와
날아갈 듯 지붕 올린 한옥 한 채
계곡은 물을 안고 소리 내어 웃고

석파정* 정자 모서리에 앉은 초로의 여인들
카메라 앞에 선 포즈는
소풍 나온 여고시절 모습 그대로다

대원군이 화폭에 쳐놓은 난초꽃
어제를 지키고 있고
오십 년 세월 넘어 까르르 웃는
수선꽃*들의 향기
오늘 다시 핀다

* 석파정: 대원군 별장 자하문 밖에 있다
* 수선꽃: 창덕여고 교화

예원*

산천을 유람한 그는 산이 그리웠다
산을 담장 안에 들이고 산 그림자 아래엔
연못을 팠다
황금 닮은 고기가 물속에서 노닐 때
세상근심 사라졌다

아무도 모르는 혼자만의 즐거움
사탕보다 달콤하지만 남이 알까봐
세상눈을 피해
만리장성만큼 높게 담장을 두르고
집 지키는 용을 담 위에 올렸다
여의주를 물고 하늘을 향한 웅장한 모습

임금님의 용이라 우기는 관원에게
우리집 괴물은 발가락이 하나 모자라니
용이 아니라는 기지로
세월이 지난 지금도 드는 이 나는 이 문전성시에
상해의 자랑으로 늘 그 자리

* 예원: 상해에 있는 대저택

유원*

붉은 깃발에 낫과 호미를 든 성난 군중이 들어오던 그 문에
오늘
먼 길 찾아온 관광객들 피의 흔적은 모르고
높이 선 누각의 높이만 칭찬하네

길게 늘어선 회랑을 걸으니
찻잔 받치고 종종걸음 치던 여종의 모습이 보이고
높은 정자에는 차 마시던 아가씨 분향이 난다
연못에 유유히 노는 금잉어 세월을 다 먹어
지난날 말하는 이 없다

백 년이 지나도 그 자리에 귀이한 모습의 돌비석
동산 지키는 나무의 초록 변하지 않고
다음 세대에 오는 세계인들 다정한 눈길 받으며
늘 그 자리 깨끗한 물에 잉어 노니길 기원하며
지나는 과객 연못에 동전을 던진다

* 유원: 소주에 있는 정원이 아름다운 별장

양쯔 강 1
- 장강크루즈

강물을 가르는 모터소리
자장가처럼 나직히 들리고

창밖엔 이름 모를 마을들의 불빛
별처럼 흐른다

잠시 눈을 감았을 뿐인데
화한 햇살에 눈 뜨니
밤새 나를 삼협으로 데려와
불쑥 솟아오른 절벽 아래
배가 떠 있다

굽이굽이 휘어진
은비늘 반짝이는 아득한 물길
협곡에서의 아침

양쯔 강 2

– 장강삼협*

물길 사이 붉은 듯 푸른 듯 보이는 절벽
선계인가 현세인가 피어오르는 물안개

이태백이 삼협에 취해
술 한 잔에 시 한 수 또 한 수
떠나기 아쉬워
바위에 시 새기니
이백은 지긋한 눈으로
나를 반긴다

수많은 시인묵객
계곡의 웅장함에 저마다
칭송하는 시 바위에 새겨
영원한 아름다움을 원했건만
물속에서 잠 자는 비문
물고기들도 시를 읽으니
물빛이 더욱 곱다

---

* 삼협 : 양쯔 강의 협곡. 삼협댐공사로 많은 명승이 수몰됨

설익은 여름에 가버린 봄
그래도 봄꽃의 향기는 아직
내 마음에 남아 있다

4 가을을 줍다

가을을 들여오다

앞집에서 누런 가을 하나를 주웠다
적당히 펑퍼짐하고
황금색 피부를 가진 가을이
거실 한쪽에 자리하고 앉았다

붉게 단풍진 가을도 보기 좋지만
은전 한 말을 가슴에 지니고
후덕한 아낙같이 웃고 있는 네가
내 눈길을 잡는구나

함박눈 내리는 어느 날
너의 속살을 저미어
가마솥에 익히며
지난 가을을 추억하리
달콤하고 구수했다고

개나리 언덕 넘어

개나리 언덕을 한걸음에 넘어
봄은
수박밭으로 내달렸다
수박은 설익었지만
흘리는 땀은 한여름 같다

진달래 언덕 넘어
봄은
한달음에 바닷가로 달려가지만
아직 파라솔을 준비하지 못한
백사장은 아이스크림 같은 파도만
혼자 논다

설익은 여름에 가버린 봄
그래도 봄꽃의 향기는 아직
내 마음에 남아 있다

나비

봄날
홀연히 나타난 호랑나비 한 마리
빙그르 도는 날갯짓에
심장은 천둥소리를 냈다
나비 만지면 눈먼다는 이야기 있어
만지지도 않았는데
눈멀어 아무것도 보이지 않았다

꽃밭에 앉아
향기에 취하여
날마다 분홍색 이야기로 봄 가는 줄 몰랐다
어느덧 봄은 가고 장맛비 쏟아지는 여름
날아가 버린 내 나비 오지 않았다

다시 찾아 온 봄날
행여 올려나 기다렸다
봄 다 지나 나는 알았다
주머니 속에 나비 접어놓았다는 걸
꽃그늘에서 가만히 내 나비 꺼내 본다
아직 화려한 날개 그대로다

봄에게 미안하다

오늘 불쑥 네가 찾아올 걸
오리라 예상은 했지만
군자란 꽃대에 얹혀 있는
너를 보니 반갑고 미안하다

무심한 베란다 구석에서
모진 겨울을 지날 때
나는 따뜻한 방에서 더운 밥 먹고
춥다고 봄이 빨리 오지 않는다고
투정만 했는데
한 자락 겨울 햇살을 안으로 품어
화려한 왕관을 만들었구나

장한 봄에게 반성문을 쓴다

봄날

툇마루에 앉아 해바라기 하다
발등이 따듯해 간지러워지면
꽃밭에 뛰어가 본다

있는 힘 다해 겨울을 밀고 나오는 봄
날마다
봄 마중하러 꽃밭으로 간다
세상 만나기 두려운지
손톱만큼 나왔다가
아기손가락만큼 솟아오른
연둣빛
해는 점점 높이 뜨고
새싹은 세상에 손 내밀어
봄을 만들고
소꿉놀이하는 계집애 얼굴
봄볕이 까맣게 앉았다

색동
– 누에의 꿈

누에의 집을 얻어와

푸른 바다에 풍덩 담그면
가슴이 탁 트이는 바다색
진달래 지천인 산자락을 휘돌리면
새색시 마음 같은 꽃분홍
알알이 영그는 가을 들판
한 바퀴 돌면 황금색

바다와 들판 그리고 산자락
사각사각 가위질이
뽕 먹는 소리 내면

누에는 한잠 자고 나
나란히 오방색 걸치고
어느 명절 아가의
때때옷에
또 다른 꿈을 띄운다

들판 가득 누룽지가

밥이 다 되어간다
누룽지 구수한 냄새가
들판 가득하다

부뚜막전에 걸터앉아
엄마가 긁어줄 누룽지 기다리는 아이처럼
참새들이 논 옆 전깃줄에 나란히 앉아
가을빛을 쬐고 있다

해는 언 듯 서산에 걸리고
들일하던 아낙 총총히 집으로 향하는 시간
심호흡한 가슴에는 누룽지 한 바가지

백합을 사다

며칠
회색빛
하늘이 눈물을 간간히 뿌려
마음도 구름에 갇혀 버렸다

마지못해 찾아간
시장 한 귀퉁이
양동이에 백합이 활짝 웃으며
가득 담겨 있었다

빳빳한 풀 먹인 교복 카라 같은
백합 잎 새 여학교 때의 교화
반가워 한 다발 안았다

거실 가득 퍼지는 향기
회색의 구릉에서 나를 건져 올린다

생명
– 이슬 한 방울

이슬 한 방울
살며시
꽃잎에 내려앉았다

분홍색 꿈을 먹고 나날이
커다란 물방울 된 이슬
초록 잎으로 굴러 반짝인다

물방울 스며
큰 잎으로 더 많은 초록 된다
바람의 축복을 더하니
새들이 놀러 와 노래 부른다

하루가 기울어
해가 산허리에 비스듬히 앉고
나무의 그림자가 길어질 때 알았다
해가 산 넘어 간다는 걸

이슬이 사라진 뒤의 일을
아이들에게 일러 주어야 하고

낙엽이 된 벗어놓은 삶의 껍데기
나무 아래 묻히면
해 없어도 달님과 이야기하리라

공화춘 짜장면

불타는 고향집 뒤로 두고
잠시 황해를 건너 도착한 곳
미추홀 언덕

고향에서 가져온 춘장 볶는 냄새
부두 노동자의 한 끼 식사

해뜨기 전부터 웍 흔들며
하루를 시작해
전족한 발 퉁퉁 붓고
까만 치파오 앞자락 장판같이
기름이 배도록 사계절을 버티고

고향에서 달고 온 작은 금 귀걸이
마지막 남은 고향의 기억

100년 지난 지금
차이나타운에 자리한
짜장면 박물관
이방인이 아닌 한국에 뿌리 내린 짜장면

구름

구름 접어 책상 서랍에 넣고
오늘부터 구름을 꼭꼭 접자
뜬구름 잡다 답답할 때
구름 한 송이 만들어 하늘에 올리는 일
이제 그만두어야 한다

구름과자 한 모금
혈관 가야금 줄 조이듯 적당한 긴장감
구름 위를 걷는 듯한 기분
오랜 친구 이별하기 아쉽다

'안 끊으면 죽는당께'

아내의 말 귀에 쟁쟁하여
서랍에서 구름 꺼내
쓰레기통에 구겨 넣고
하늘의 구름 멍하니 쳐다 본다

새로이 나타난 神

전철문이 열리고 안으로 들어선 순간
선 사람도 자리에 앉아있는 사람도
네모난 신을 모시고 있었다

내 친구와 대화하고 싶어도
그 네모난 신만 있으면 멀리 있어도
카톡

내일의 날씨도 그 신에게 물으면
척척 온도까지
그는 모르는 것이 없다
어찌 하오리까 하면
금세 전국에서 답이 온다

이젠 잠시도 손에 없으면
불안한 사람 많다
오로지 그 신만에 의지해 폐해가 크다

오늘은 그를 집에 두고 왔다
허전하고 불안한 중독 증상

그 신은 아마도
사람의 마음까지 가져가는 이단*인가 보다

* 이단: 정통 종교가 아닌 사이비

이인분 밥솥

따뜻한 밥 한 공기가
고소한 참기름이기도 하고
달콤한 벌꿀이기도 한
이인분 밥솥의 요술

이인분 밥솥은
10인분 압력솥에 자리 내어주고
하루 6개의 도시락과
식구들 먹거리 뒷바라지
밥솥에서 나는 김만큼 하루의 땀을 흘렸다

이제 큰 밥솥은 찬장 속에서 잠들었다가
명절에나 얼굴을 비치고
이인분 밥솥이
낡은 가스불 위에서 끓고 있지만
고소한 참기름 냄새는 없다

적당한 불기운에
구수한 누룽지를 깔고 있는 밥
내일도 이인분 밥 짓기를 원하며
밥그릇에 정성을 더해본다

맑은 하늘 아래
천연히 내려앉은 이슬
누구도 모르게 간직한 사랑
오늘 작은 꽃으로 왔네

5

삭풍을 안다

가자고 한다

그가 온다고 한다
오기 전에 피해야 해
앰뷸런스가 요란하다
산소마스크와 링거주사
간신히 그를 피했다

그가 올 것 같다고
마음의 준비를 하란다
영정사진을 챙기고 연락할 곳 정리하고
그녀 옆에서 한밤을 뜬눈으로 새운다

중환자실 한 발자국 밖
그가 들어오려고 기웃기웃 하고 있다
언제 들어와 가자고 할지 몰라

저 문 굳게 잠그면 들어오지 못 하려나

강을 건너야 하는

그녀 폐 속에 배표가 배달됐다
배타기 전에 하여야 할 일들이
그녀를 재촉한다

정년기념 전시회도 하고
아들 장가도 보내고
저 강을 건너기 전 하여야 할 일이 너무 많다

종종걸음치다 넘어졌다
뼛속까지 배표가 배달되고 말았다
기적이라는 이름으로 배표를 물리고
간혹 더 있다가 타는 사람도 있다는데

손 묶인 중환자실 침대에서
이젠 꼼짝없이 배 출항하기만 기다린다

마지막 인사 간 친구에게
허공에 빛을 던진다
돌아오는 길
요단강 건너는
뱃고동 소리 들린다

덕장

– 요양병원 중환자실에서

푸른바다를 휘젓고 다니다
간혹 하늘이 얼마나 높은지
튀어 올라도 보던 명태
눈은 햇볕에 찔리어 앞은 캄캄하고
정신은 망각의 그물에 걸려 허우적 허우적
단지 오늘 호흡이 있다는 건 아직 현세에 있다는 증거

침상에 몸이 매여 꼼짝 못하고
코에 낀 호수와 팔에 꽂은 물병으로 연명하며
덕장인부가 해주는 대로
2시간은 옆으로 2시간은 반듯하게
서서히 말라가는 명태가 되어
바다의 꿈 접어 두고
꽃상여 기다리는 덕장

수술전야

돌아오지 못할까
돌아오지 말까
아득한 마취의 세계

이젠 거의 끝난 가을걷이
나머지 볏단 하나만 묶어서
곳간에 넣고 문 닫고 나서면

누가 그 곳간을 지키든
걱정 않으련만
마지막 단을 못 묶어
뒤돌아 보이는데

가서 못올까도 걱정이고
땡볕에 다시 모심고 김맬 걱정에
그냥 그곳에 있고도 싶다

왼쪽 어깨에 수건을 걸치고

왼쪽 어깨에 목욕수건을 걸친 그녀가
샤워부스 앞에서 비누질을 하고 있다
중년의 적당히 늘어진 뒷모습
머리에 쓴 두건을 벗고 밤송이 같은 머리에
비누질을 할 때 나는 보았다
그녀의 아픔을

캄캄한 터널 한구석에
밤톨보다 작고 무서운 그것이
둥지를 틀고 자라서
품에 안고 어르며 아기와
눈 맞추며 확인하던 연결 끈이
뭉텅 한 치의 여유도 없이
겨드랑이 살점까지 병원 수술실 접시에
올려주고 온 다음 그들의 소식은 모른다

다시 발붙이지 못하게 방사선으로
마지막 남은 그들의 잔당마저 죽이느라
머리카락까지 덤으로 주고
다시 정신 차려 아이들 챙겨야 하기에

오늘 용기 내어 온천 왔노라고

조심스레 묻는 내게
답하는 엷은 미소가 목욕물 증기 속에 피고 있다

해가 지다

해가 서산 넘어갔다
서산에 오르는 길 힘들어
가쁜 숨 몰아쉬며
몇 번의 앰뷸런스 울림과
가족의 비상소집
진작 산 넘어 갈 때는 아무도 보지 못 했단다

해는 늘 따뜻했고
모든 사랑이 그곳으로부터 나와
세상과의 연결 고리였는데
알몸으로 눈밭에 서 있는것 같다고
어깨를 들썩인다

고통 없이 편히 쉴 거라고
해가 없어 이제 깜깜해 어떻게 사냐는 말에
이제는 내가 스스로 태양이 되어 보라고
무한 궤도를 돌며
누구든 따뜻이 보듬어 주면
또 살 수 있는 힘이 생긴다고
다독여 주고 뒤돌아 나오는데

새벽을 가르고 먼 산에
아침 해가 오르고 있다

얇게 썰어 무우 속을 보다

– 자기공명검사

하얀 터널 속으로
머리에 헬멧을 쓰고
서서히 빨려 들어간다

우르르 우르르 통속은 천둥이 치고
꼼짝없이 묶인 손발은 집행 직전의 사형수
눈을 감고 주기도문을 외운다

기사는 돌아오는 공명을 보며
뇌 속을 얇은 무우 썰듯
자세히 잘라본다
잘리운 파편에 이상이 없기를

이 통속만 나간다면
건강 위해 무어라도 하리라
삼 년 같은 삼십 분이 지나고
검사실 형광등이 눈 부시다

마음 조리며 기다린 사람
밖에 또 있다

걸레

옥당목* 한 필 날마다 풀어서
싹싹 문지르면 뿌옇던 유리 말갛게
따스한 햇볕이 마루 가득 들어
온 집안이 환했다

마룻바닥 윤나게 문지르고
파리 낙성하겠네 그 소리 듣기 좋아
다람쥐 쳇바퀴 돌리듯 하루를 돌리고
동지 팥죽단지 서른일곱 번 채우고 나니

하늘빛 나던 옥당목
더 넓어진 마루 구석에 놓여진 걸레 조각 처지
깨끗이 빨아도 묵은 때는 지워지지 않고
군데군데 구멍조차 나서
그 구멍으로 빠져나간 세월

푸른 하늘에 펄럭이던 옥당목의 꿈은

---

* 옥당목: 광목보다 결이 고운 무명

경로잔치

– 아직은 아니다

오늘 어버이날 경로잔치에 참석하란다
아직은 아니다
전철 탈 때 카드대면
띠릿띠릿 두 번 나는 소리 어색하고
자리 양보해주는 젊은이에게 미안하다

눈은 침침해 신문 보기 어렵고
계단 오르길 백두산 등산 같지만
마음은 진달래 피는 봄

경로당 앞 지날 때
누가 들어오랄까 봐
모른 척 얼른 지나친다
아직은 아니다

목욕탕에서

김이 오르는 욕조 한 귀퉁이를 간신히 잡고
살얼음판 디디듯이 조심스럽게
하얀 목욕 수건을 머리에 쓴 노파가 욕탕에 들어와 앉는다
한때는 탐스러운 복숭아 가슴을 지니고 다녔으련만
새깽이들 다 먹이고 마른 건포도만 붙은 가슴을
한 손으로 부끄러운 듯 감싸 안고 앉는다
잠시 눈을 감고 따스함을 즐기다 보니
그녀는 벌써 물 밖으로 나가 수도꼭지 앞에서
활처럼 굽은 등을 하고
때수건으로 몸을 문지르고 있다
오른손은 왼쪽 가기 멀고
왼손은 오른쪽 가기 먼 등을
이리저리 닦아 보려고 애를 쓴다
벌떡 물속에서 몸을 일으켜 그녀의 등 뒤로 가
어르신 제가 등 밀어 드려요
답도 듣기 전에 타월을 받아들고
구석구석 닦으며 그녀의 등에서 어머니를 본다
온천물 좋다고 또 오자던 약속
지켜지지 않은 오늘

삭풍 부는 들판에서

발가벗은 몸으로 들판에 서서
삭풍을 온몸에 안고
외줄을 탄다

뒤돌아보니 내 발자국
눈밭에 선명한데
저 눈 녹으면 내 시린 겨울
아무도 기억하는 이
없을 것 생각하니

차라리 화산으로 폭발해
그 위를 걸었다면
용암 굳은 뒤 내 발자국 남지 않을까

섬

산 8번지
마른 무말랭이 같은 노파가
손자에게 줄 라면 하나 담은 검은 봉지를 들고
잡동사니가 지뢰처럼 어지러운 길을
멍에를 맨 소마냥 더운 숨을 내뱉으며 오른다

철거 끝나 모두 떠난 산꼭대기 집에
밤이 오면 촛불 하나 켜놓고
망망대해에 떠 있는 외로운 섬이 된다

산 아래 반짝이는 불빛들 바다의 물결 같아
노인은 꿈에서 쪽배를 구하러 간다
노를 저어 저 바다 건너면 그곳엔
밤새 전깃불 환히 켜고
수돗물 콸콸 나오는 또 다른 섬이 있을 거라고

주머니 속 알사탕

내 주머니 가득
달콤한 알사탕이 있었네
딸기 맛 사탕 먹을 때
하루에 두 개 먹고 싶었지만
하루 한 개 먹어야 하는 생의 법칙

상큼한 레몬 사탕
사랑을 알게 했고
꺼내보니 어느 날은
매운 생강 사탕인 날들이 다 가고

이제 내 주머니에 사탕이 얼마 남았을까
오늘은 사탕을 깨물어 반만 먹고
반은 내일 먹을 수 있을까
두 개도 못 먹고 반 개도 못 먹는 내 사탕

주머니 속에 얼마가 남았을까
하나님만이 아시는 숫자
오늘 밤 자기 전 기도해야겠다
혹시 몰래 몇 개 더 주실 수 있는지

차라리 화산으로 폭발해
그 위를 걸었다면
용암 굳은 뒤 내 발자국 남지 않을까

작품해설

시어의 예술성, 대상을 꿰뚫는 탁월한 시선의 집합

지연희(시인, 수필가)

시어의 예술성, 대상을 꿰뚫는 탁월한 시선의 집합

지연희(시인, 수필가)

●

『괜찮으셔요』는 서선아 시인의 두 번째 시집 문패이다. 깊은 사고思考를 유도해 내는 이 문패는 마치 이 시집을 탐독한 독자에게 시집의 읽기가 '괜찮으셨어요?'라고 정중히 묻거나, '당신은 오늘, 이 순간을 잘 견디어 살고 계신지요?'라고 던지는 무언의 질문 같아서 마음을 가다듬게 한다. 서 시인의 두 번째 분신으로 제시된 한 권 분량의 이 시어들은 시인이 내다본 세상 속 삶의 편린임에 분명하다. 시인의 시각으로 농축한 통념 속에서 응축된 현상적 인식일 것이다.

에브럼즈(M. H. Abrams)는 문학 텍스트를 축으로 한 비평 이론의 네 가지 좌표를 이렇게 설정하고 있다. 현실 세계(모방론적 관점)에서-문학 텍스트(형식론적 관점)를 거쳐- 작가(표현론적 관점)와 독자(효용론적 관점)의 유대로 존재할 수 있다고 본 것이다. 현실세계라고 하는 모방론적 관점은 '인생의 모방이나 반영 또는 재현'을 말하고 있다. 여기서의 재현은 '진실성'이다. 어떤 대상을 만나서건 그 대상과의 접촉은 진실함의 구현이라고 한다. 오늘 나는 한 권의 시집을 감상하며 인간의 삶에서 가장 우선되고 있는 이 '진실'의 참 모습을 새롭게 발견하는 기쁨을 말하고 싶었다.

산모퉁 그날처럼 다섯 남매가
휘적 휘적 지팡이를 짚고
걸어가는 아버지 뒤를 따라 걷는다
괜찮으셔요 그래 괜찮다

젊은 날 선거판 뛰어 다니던 그의 다리는
소나무 옹이 박히듯 무릎 관절염이 깊다
어머니 얼굴 찾아보아도
그곳에 보이는 건
덩그런 오석 비석 하나
현세에 살다간 자취, 자식들 이름이 대신하고
비석을 닦고 잠깐 묵념으로 모든 형식은 끝이 난다
- 시 「다시, 그날에」 중에서

침대 아래 무릎을 꿇고
조그만 물그릇에 담긴
아버지 발을 씻겨드린다

넓은 바다 마음껏 누비다
어항 속에 갇힌 물고기
비누질 살살 간지럼 태워
통증 잠시 웃음으로 바꾸어 본다

어릴 적 아버지 발은 큰 군함만 했는데
내 손안엔 굳은살로 딱딱한 작은 금붕어
맑은 물로 헹구며 걱정을 씻는다

인공산소로 유지되는 작은 어항 속 삶이라도
내일 또 내일 발을 씻겨 드리고
어제를 용서 받고 싶다

– 시 「아버지의 발」 전문

시 「다시, 그날에」와 시 「아버지의 발」은 이제 생의 끝쯤에서 자식들의 부축을 받으며 연명하고 계신 쇠락한 아버지에 대한 연민의 정으로 아픈 화자의 심정을 그려내고 있다. 어느 자식이나 지푸라기 같은 거죽만 걸치고 맥없이 숨을 고르는 아버지, 어머니를 곁에 두고 있다면 안타깝지 않을 수 없다. 이 같은 현실은 대를 이어가는 혈손의 질서이지만 젊은 날의 부모님 모습이 활동사진처럼 스쳐 갈 뿐이다. 돌아가신 어머니 무덤 앞에 서서 행할 수 있는 일은 '현세에 살다간 자취, 자식들 이름이 대신하고/ 비석을 닦고 잠깐 묵념으로 모든 형식은 끝이 난다'는 것이다. 내려오는 산길엔 저녁노을이 내려앉을 수밖에 그냥 흐르는 시간을 지켜 볼 뿐이다.

어머니의 무덤 앞에서 비석을 닦고, 잠깐의 묵념을 드리던 일들을 시인은 「다시, 그날에」라는 시 속에 담아냈었다. 비석을 닦고 잠깐의 묵념을 드리는 의미를 '모든 형식'일 뿐이라고 생사의 갈림길에서 소통되지 못하는 단절의 아픔으로 언급했었다. 그리고 「아버지의 발」이라는 시에 이르러 시인은 아버지의 침대 아래에 무릎을 꿇고 아버지의 발을 씻겨드린다. '넓은 바다 마음껏 누비다/ 어항 속에 갇힌 물고기/ 비누질 살살 간지럼 태워/ 통증 잠시 웃음으로 바꾸어 본다'는 것이다. 살아 계심으로 한시라도 늦기 전에, 넓은 바다의 물고기이었던 아버지의 발, 어항 속에 갇힌 채 운신이 어려운 아버지의 발을 정성껏 씻겨드리고 있다. 효행은 자식이 지녀야 할 최고의 덕목으로 그때를 놓쳐서는 안 된다는 사실을 실천해 보이고 있다.

먹음직하게 김이 오르는
찐빵집 앞에서 문득 발이 멈추었다
하얀 빵 한번 베어 물고
참 맛나다 하시던
어머니가 가마솥 김 속에서 활짝 웃고 계셨다

겉은 별맛이 없어도
속에 든 단팥은 달콤한
어머님의 마음
찐빵 한 봉지 가슴에 안았다

내일도 그 길 지나며
어머니를 만나야지

– 시 「찐빵집 가마솥에」 전문

첫 달이 떴을 때
붉은 장미에 찔린 듯 한 방울의 선혈
향기 나는 여인이 되었다는 두려움
아무에게 말 못하고 뒤돌아 앉아
어두운 우물가에 빨래하던 열다섯 살의 소녀

달이 떴다고 체육시간에 꾀부리고
괜한 신경질을 보탠 날도 있었지
달의 음덕으로 두 아들을 낳고
조금씩 늦게 뜨던 달이 이젠 뜨지 않는다
-시 「이젠 달이 뜨지 않는다」 중에서

어머니는 생명의 원천이다. 그 어머니의 생전의 모습을 찐빵집 앞에서 그려보는 시 「찐빵집 가마솥에」는 생사의 금으로 이별한 어머니를 그리는 자식의 그리움이 묻어난다. 그리움은 생전의 기억 속에 흐르는 거울이어서 어떤 특정한 상황과 연결되어진다. 찐빵집 가마솥에 문득 발을 멈추고 먹음직스럽게 김이 오르는 하얀 빵을 바라보면서 지난날 어머니의 활짝 웃고 계신 모습을 재생시키고 있다. '하얀 빵 한번 베어 물고/ 참 맛나다 하시던/ 어머니가 가마솥 김 속에서 활짝 웃고 계셨다'는 것이다. 겉은 별맛이 아니어도 속에 든 단팥은 달콤한 어머니의 마음이어서 찐빵 한 봉지 사서 가슴에 안았다고 한다. 마치 어머니의 품속에 안기듯 한 따사로움이다.

달은 향기로운 여인이며 어머니로 잇는 신비로운 빛이다. 생명의 원천을 내장한 달빛으로 문이 열릴 때 세상의 모든 소녀는 한 방울의 선혈로 어머니의 역사를 쓴다. 평생의 지난한 삶을 경영하지 않을 수 없다. '향기 나는 여인이 되었다는 두려움/ 아무에게 말 못하고 뒤돌아 앉아/ 어두운 우물가에 빨래하던 열다섯 살의 소녀'는 달의 음덕으로 자식을 낳고 생명의 신비한 순환 고리를 이어가게 된다. 그 성숙한 시간이 지나 달은 서서히 빛을 잃고 달이 뜨지 않는 여인의 시간으로 흐르지 않을 수 없는 것이다. 「이젠 달이 뜨지 않는다」의 시는 달의 시간으로 시작된 여인이며 어머니의 한생이기도 한 시인의 삶을 짚어내고 있다. '태양은 하늘에 있어도/ 달이 없으니/ 더 이상 뜨겁지가 않다'는 유통기간이 만료된 여인의 삶을 그믐밤의 이미지로 저물어 가는 인생의 뒷모습을 만나게 한다.

양철 컨테이너 박스
아침 새참을 먹으러 한 무리 냄새가 들어온다

공사장 흙이 묻어있는 작업화 신고
빛바랜 플라스틱 의자에 걸터앉아
후루룩거리며 넘기는 국수 가락
오늘 눈 뜨고 첫 끼니

그의 등에
어제 꿈꾸었던 소금으로 그린 지도가 있다

매일 조금씩 모양은 변하여도
더욱 선명해지며
그 바다에 높은 돛을 올리리라

– 시「소금으로 그린 지도」중에서

잡다한 등산객 발길 뚝 끊기고
부슬 부슬 비는 오는데
괜히 소란스레 우는 까마귀 한 마리

적막 속에 드는 인간이
반가운건지 놀란건지

희방사 대웅전 부처님
독대하고 삼배 올리니
오늘 소백산 하나
모두 내가 가졌다

– 시「비 오는 날 희방사」전문

열심히 일하여 흘린 땀의 흔적은 보람이라는 대가로 남는다. 시「소금으로 그린 지도」는 땀의 크기로 그려진 지도를 등에 지고 있는 노동자들의 고단한 삶을 그리고 있다. 양철 컨테이너 박스에 아침 새참을 먹기 위해 모인 인부들의 등에 소금기 밴 땀의 흔적은 최선으로 기울인 노력의 정도를 말한다. '공사장 흙이 묻어있는 작업화 신고/ 빛바랜 플라스틱 의자에 걸터앉아/ 후루룩거리며 넘기는 국수 가락/ 오늘 눈 뜨고 첫 끼니' 그러나 그들의 심중에는 버리지 않는 내일의 희망으로 가득하다. 어제 꿈꾸었던 소금으로 그린 지워지지 않는 지도가 있기 때문이다. '매일 조금씩 모양은 변하여도/ 더욱 선명해지며/ 그 바다에 높은 돛을 올리리라'는 꿈이다. 무사히 예정된 시간을 마치고 고향으로 돌아가 따듯한 가족들과 포옹하게 될 이주 노동자의 질편한 땀의 크기를 시인의 시선으로 그려냈다.

시 「비 오는 날 희방사」는 희방사 대웅전에 들어 부처님 독대하고 마음의 풍요를 키우는 여유로움이다. 세상 부러울 게 없는 부풀어 오는 가슴은 부처님의 은덕을 입은 불심의 공덕이라고 본다. 종교는 해어지고 찢긴 마음을 집는 치유의 은사라고 한다. 비 오는 날 소란스럽게 우는 까마귀 한 마리의 배웅으로 희방사 대웅전에 든 시인의 행보는 부처님 독대하고 삼배 올리고 소백산 하나를 모두 지니게 되는 은혜를 받게 된다. 흔치 않은 사랑이다. '오늘 소백산 하나/ 모두 내가 가졌다'는 마음의 풍요가 매우 넓고 크다. 만사는 마음으로부터 발아되는 씨앗 같아서 그 출구의 움틈이 아름다울수록 확대되고 있다. 흔치 않은 기쁨이며 흔치 않은 행복의 감사를 짧은 언어로 묘사하고 있다.

개나리 언덕을 한걸음에 넘어
봄은
수박밭으로 내달렸다
수박은 설익었지만
흘리는 땀은 한여름 같다

진달래 언덕 넘어
봄은
한달음에 바닷가로 달려가지만
아직 파라솔을 준비하지 못한
백사장은 아이스크림 같은 파도만
혼자 논다

설익은 여름에 가버린 봄
그래도 봄꽃의 향기는 아직
내 마음에 남아 있다

– 시 「개나리 언덕 넘어」 전문

툇마루에 앉아 해바라기 하다
발등이 따듯해 간지러워지면
꽃밭에 뛰어가 본다

있는 힘 다해 겨울을 밀고 나오는 봄
날마다
봄 마중하러 꽃밭으로 간다
세상 만나기 두려운지
손톱만큼 나왔다가
아기손가락만큼 솟아오른
연둣빛

– 시 「봄날」 중에서

봄을 꿈꾸는 계절답게 맑고 순연한 이미지들이 모여 있는 시 「개나리 언덕 넘어」는 초봄을 지나 초여름으로 내달리는 시간 속에서 아쉬움 속 봄을 내려놓지 못하는 시인의 예민한 감각을 지각하게 한다. 봄은 이미 개나리 언덕을 한걸음에 넘어 수박밭에 머물고 있지만 수박의 속내는 아직 설익은 상태이고 한여름의 땀만 흘리고 있다는 것이다. 계절의 질서가 뚜렷하지 않아 봄인가 하면 여름의 무더위가 스며들고, 여름인가 하면 어느새 가을에 접어드는 경계를 잃어버린 계절의 변화를 시 「개나리 언덕 넘어」는 극명하게 제시하고 있다. '진달래 언덕 넘어/ 봄은/ 한달음에 바닷가로 달려가지만/ 아직 파라솔을 준비하지 못한/ 백사장은 아이스크림 같은 파도만/ 혼자 논다'는 감각적 이미지들이 흥미롭게 배치되어 시선을 모으게 한다. 다만 성급한 계절의 설익은 달음질은 본질을 중시하지 못하는 사람들이 마음만 앞세움을 꾸짖는 듯 암시하는 바가 깊다.

'툇마루에 앉아 해바라기 하다/ 발등이 따듯해 간지러워지면/ 꽃밭에 뛰어가 본다' 시 「봄날」의 도입부이다. 기실은 꽃밭의 생명들에 대한 관심을 유도하고 있는 1연의 3행으로 꽃밭으로 가기 위한 개연성을 자연스레 마련하는 구도이다. 툇마루에 앉아 해를 맞이하다가 발등에 앉은 햇볕이 따듯하여 간지러워지면 꽃밭에 뛰어가 본다는 것이다. 그냥 그대로 꽃밭의 봄 마중이 아니라는 셈이다. 이처럼 남다른 꽃밭의 꽃 마중은 아기 손가락만큼 솟아오른 연둣빛 생명이 세상에 손 내밀어 봄을 만드는 생명의 경이를 눈부시게 맞이하고 있는 곳이다. '있는 힘 다해 겨울을 밀고 나오는 봄/ 날마다/ 봄 마중하러 꽃밭으로 간다/ 세상 만나기 두려운지/ 손톱만큼 나왔다가/ 아기손가락만큼 솟아오른/ 연둣빛'의 신비를 이 시는 자연의 오묘한 생성과정을 섬세하게 다루고 있다.

돌아오지 못할까
돌아오지 말까
아득한 마취의 세계

이젠 거의 끝난 가을걷이
나머지 볏단 하나만 묶어서
곳간에 넣고 문 닫고 나서면

누가 그 곳간을 지키든
걱정 않으련만
마지막 단을 못 묶어
뒤돌아 보이는데

가서 못 올까도 걱정이고
땡볕에 다시 모심고 김맬 걱정에
그냥 그곳에 있고도 싶다

– 시 「수술전야」 전문

하얀 터널 속으로
머리에 헬멧을 쓰고

서서히 빨려 들어간다

우르르 우르르 통속은 천둥이 치고
꼼짝없이 묶인 손발은 집행 직전의 사형수
눈을 감고 주기도문을 외운다

기사는 돌아오는 공명을 보며
뇌 속을 얇은 무우 썰 듯
자세히 잘라본다
잘리운 파편에 이상이 없기를

이 통속만 나간다면
건강 위해 무어라도 하리라
삼 년 같은 삼십 분이 지나고
검사실 형광등이 눈부시다

마음 조리며 기다린 사람
밖에 또 있다

– 시「얇게 썰은 무우 속을 보다 – 자기공명검사」 전문

건강은 생명을 지닌 존재들이 무심해 할 수 없는 절대한의 보루이다. 건강이 무너지면 생의 전반이 무너지는 일임에 모두는 그 앞에서 전전긍긍하게 된다. 제아무리 무심한 듯 초연한 듯 하지만 불안해하

지 않을 수 없다. 위의 시 「수술전야」와 시 「얇게 썰은 무우 속을 보다 - 자기공명검사」 두 작품은 시인의 건강에 적신호가 보이며 시작된 자기공명검사와 수술 직전의 불안한 심경을 나타내고 있다. '돌아오지 못할까/ 돌아오지 말까/ 아득한 마취의 세계' 한 번쯤 수술대에 올라가 본 사람이라면 이 같은 심리적 불안과 마주서게 된다. 지난 삶을 돌아보고 남은 삶에 대한 계획도 세워보는 것이다. 어쩌면 돌아오지 못할 거라는, 스스로 돌아오지 않을 수도 있다는, 중첩된 예측을 하다가 마무리 하지 못한 생의 숙제를 쥐고 뒤돌아보고 있다. '이젠 거의 끝난 가을걷이/ 나머지 볏단 하나만 묶어서/ 곳간에 넣고 문 닫고 나서면'으로 미련을 남기고 있는 것이다. '나머지 볏단'으로 대리된 곳간을 채우지 못한 존재에 대한 미련은 책무를 다하지 못한 농부의 안타까움이다. 자식을 낳아 키우고 성년에 이르면 짝을 지어주는 일까지가 부모의 책무라 여기고 있는 어머니의 모성이다. 짝을 지어 주지 못한 자식 걱정이 생사의 그늘에 놓인 두려움인 것이다. '마지막 단을 못 묶어/ 뒤돌아 보이는데'와 같이 죽음을 허용하지 못할 이유가 아닐 수 없다.

서선아 시인의 제2시집의 작품해설을 이쯤에서 마무리한다. 2006년 『한국문인』 신인문학상 시 부분 신인상을 받고 등단의 길에 들어 2009년 4년 만에 경작한 작품을 한데 모아 첫 시집 『4시 30분』을 상재한 이후 많은 시간이 흘렀다. 근 8년만의 수확이어서 남다른 감회가 흐른다. 하나의 의미를 구현하는 시어의 예술성, 대상을 꿰뚫는 탁월한 시선으로 집합된 이 한 권의 시집 속에는 미처 다 다루지 못한 훌륭한 작품들이 많다. 다만 더 발 빠른 활동이 요구될 수 있었지만 8년의 시간, 그 시간 속에는 큰아들의 혼인으로 손녀 셋을 얻고, 이들에게 투신한 할머니의 사랑이 만만치 않았다. 그리고 남편의 정년과 쇠약해진 육신의 변화가 시심을 약화시켰으리라 본다. 곁에 있는 사람으로 서선아 시인을 한 마디로 축약해 말하라 한다면 가족에게 절대 없어서는 안 될 빈틈없는 아내, 어머니, 할머니라는 점이며, 문우들 이웃들에게는 어떤 문제이거나 해결되는 준비된 '사람'이었다. 아무쪼록 이 시집이 많은 독자들의 빈 가슴을 채우는 명시집이 되기를 기대하며 다음 시집을 기다린다.

서선아 시집 | 괜찮으셔요

서선아 시집 | 괜찮으셔요